KB060664

돌멩이도 따스하다

심규한 시집

돌멩이도 따스하다

돌멩이 모시는 사람들

작가의 말

잘 쓰기보다 따스하기를 바란다.
새롭기보다 익숙하더라도 정당하기를 바란다.
화려한 사치와 과잉보다는 소박을 바란다.
목 마른 이에게 물 한 모금
배고픈 이에게 밥 한술 된다면 얼마나 좋겠는가?
하지만 나의 말과 시와 삶이 아직 서로 멀다.
나는 거대한 나무 밑에 사는 개미와 같다.
나를 낳아주신 부모님과 아내와
옛 사람들과 동시대의 사람들에게 감사한다.
미안하다. 미래의 사람들에게는 특히 미안하다.
나의 노래가 누군가의 가슴에
조그만 떨림이 될 수 있다면 좋겠다.
최근 6년 사이의 시를 중심으로 묶었다.
1부는 나에 대해, 2부는 자연에 대해,
3부는 사회에 대해 많이 노래했다.
각 작품은 기역 니은 순서로 나열했다.

차례

1부

돌멩이도 따스하다

2부

3부

1부

가난한 날의 행복

아무도 탐하지 않아라
파리 날아다니는
얄팍한 밥상
그저 따끈한 밥 한 공기
감사하고 감사한 한 젓가락
호호 불어 먹으며
빙그레
웃음 스미는 건
거미와 개미와 같이
하찮고 쓸쓸한 삶이어서
물 한 방울도 어여뻐서
황혼의 커튼이 아늑해서
몸 누일 바닥이 차가워도
뜨끈한 난로 하나가
내 배 속에 있고
가슴에 있고
그대 안에도 있어서
오늘도 달은 우릴 찾아주고

세상은 아름답고
망극한 것이어서
탐하지 않고 얻을 수 있는
하루가 거저 주어져서
감사해서

개밥

진순이 밥그릇은 여섯 개
물그릇 사료 그릇 잡탕 그릇
어제 먹던 밥 담긴 그릇
그리고 바람과 낙엽이 담긴
빈 그릇이 두 개 더

박새가 덤불에서 삐쭉삐쭉 울며
할끔할끔 엿보다가
진순이 조는 틈에 밥알 몇 찍어 먹다
들켜 내뺀 뒤

진순이는 앞 밭 마실 가고
잣숲 구구구 구구단 외던 산비둘기
안심하고 밥 먹고 노래하니

그 얘기 듣고
참나무숲 직박구리가 끼옥끼옥
외치고 내려와 덤으로 몇 술 뜬다

저물녘 돌아온 진순이
곤한 초저녁 잠에 빠지면
뚱뚱이 쥐가 살짝 다녀가고

깊은 밤 별빛 피해
산밭 너구리 살곰살곰 다가와
깨끗이 그릇을 비운다

그걸 아는지 모르는지
할머니도 진순이도 꿈나라로 마실 가
모두들 꼼짝 꿈쩍 없는데

아침마다 할머니는 먹성 좋은 진순이가 이뻐
새 짬밥을 다시 그득 담아 준다

왜 아니겠는가
바람도 먹고 햇볕도 먹는 그 밥그릇

알아도 모르는 체
몰라도 모르는 채
파리며 개미까지 모두 먹이고도 남는 그 밥그릇이
진순이의 마음인 걸

거미

버드나무 가지에 앉아 울던 거미는
저물녘 서쪽 하늘에 올랐습니다
어둑한 별 귀퉁이에 실을 걸고
한 올 한 올 게웠습니다 이따금
흐느낌처럼 바람에 출렁이며
눈물빛 이슬이 맺혔습니다
만월이 그믐이 되고 다시 만월이 올 때까지
배가 부른 거미는 달방에 앉아
소리 없이 뜨개질을 하였습니다
은하수 여울 소리 가득한 밤
웃음처럼 아기별들 사라지자
새벽 거미는 몰래 은실로 내려와
버들가지에 숨어 또 울었습니다

내가 사랑할 때

내가 사랑할 때
나는 아무 말도 하지 않으리

봄바람이 스치고
가을햇살이 스밀 때
한참을 서 있으리

그냥
나는 행복하리

30촉 전구처럼 켜져
웃고만 있으리

그러나
손가락이 꼼실거리고
내 걸음은 춤이 되리
기쁜 물살처럼 흘러가리

내가 사랑할 때
나는 아무 말도 하지 않으리

눈길 꾹꾹 밟고

눈이 와서 그런가
아이들아, 눈물 난다

하늘은 어둡고 별빛 하나 없다
생각해 보면 외롭지 않은 사람 어디 있겠는가
밖보다 안이 더 어둡다
차가운 벽에 등을 켜도

처마마다
오소리새끼처럼 떨던 아이 고슴도치처럼 외로운 아이
강아지처럼 철없던 아이 매처럼 날카롭던 아이
두더지처럼 부끄럽던 아이 고양이처럼 귀엽던 아이
멧돼지 같이 씩씩거리던 아이…

벽들 너머
게임 하고 기타 팅기고 스마트폰 눌러대고
담배 물고 MP3 꽂고 문제집 앞에 졸고
텔레비전 보고 이불 뒤집어쓰고 잠들고 울고

먼 저쪽 과거와 미래 사이
선로를 급히 열차가 달려가고
질풍에 눈보라가 흩날린다

조용히 흔들리는
창마다
오늘 밤 소리 없이 눈이 내린다

나는 지신밟기 하듯 세상을
눈길 꾹꾹 밟고 다 다니고 싶다
아침이 올 때까지
온 거리를 걸어
너희에게 가고 싶다

돌멩이도 따스하다

골목 안
반지하의 가난한 집 창살을
사랑하듯
왼돌이로 감아 오르는
한 줄기 나팔꽃의 손가락처럼

그 옆
키 큰 세상에 관심 없는 듯
줄기도 없는 앉은뱅이
질경이가
작고 사소하지만 아름다운 꽃방망이 세우는 것처럼

뿌리만 있다면

발끝 튕기며 새들이 날고
억수비 내린 뒤 대나무는 치솟는다
겨울에도 어둠에도 가뭄에도
뿌리만 있다면

반지하의 방에 불이 켜지고
어느 날 아침이면 꽃이 필 것이다
뿌리만 있다면

돌멩이도
따스하다

랑탕 가는 길

군 검문소를 통과해
빨치산 마오이스트가 출몰하는 히말라야로
고물버스는 달리고 있었네 굽이굽이 낭떠러지
나는 보았지 뽀얀 흙먼지 저쪽
야크털로 짠 망토 걸친 사내가
전나무 숲에서 막 나오는 것을
길이 자신인 양 걸으며
가락바퀴 던져 실을 만들었는데 휘이잉 휘이잉
신석기식 가락이 풀려 나왔네, 부끄러웠네
국경과 국경을 넘어 떠돌아도
바람이 뺨을 치고 햇살 따가웠는데
주문 외며 끝없이 자아내던 야크 털실이
누선처럼 나를 적셨네
히말라야 어느 마루에 앉아
야크떼처럼 달려가는 구름 보았지
폐허와 유적이 티푸스처럼 번지는 세상
야크의 길을 따라 여름 방목지로 가고 있었지
만년 빙하 찾아 덜컹댔지

빛나던 가락바퀴 울음에 역사처럼
쉼없이 햇살은 꼬이고 버스는
또 다른 검문소를 향해 달렸지
만년빙이 처음 풀어지는 곳
나는 그리로 가고 있었네

민들레

저놈은 저를 박는다
틈을 비집고 하초를 발기한다
상처에 확고부동한 뒤
도로 표지판처럼 대가리를 든다
자연발화의 30촉 발광이다
저를 얼마나 뚜드려 박았을까
완벽한 암장 뒤 날선 톱 몇 넣고
주저앉아 안테나 쭉쭉 뽑아 접선한다
노란 레이다!
당신은 거리를 걷다가 은행나무 밑
혹은 보도블록 틈에서
망치 소리를 들을지 모른다
조심하라 못 박혀 사는 사람들아
연루로 뽑을 수 없는 충치같이
도시엔 게릴라성 민들레가 기승이다
아스팔트와 콘크리트벽 사이 치통이다
진지구축전이다 따따따
나팔 불며 민들레들아

울지 말고 쫄지 말아라 약진이다
먼지 낀 틈, 박히면 악착같이 버텨라
누추가 안락이어서 자신을 못 박고
민들레 꽃폈다 저기 하!
반짝이며 실못 날아간다

바퀴벌레 1

바퀴벌레의 바퀴가 궁금하다
다 아는 사실이지만 왜 하필 바퀴겠는가
뭔가 부드러운 것이
어떤 둥근 것이 발통이 있을 것이다
바퀴벌레는 미끈한 최소형 미니카다
저기 검정 세단이 나타났다 냉장고 밑
싱크대 밑에서 벽을 타고 식탁을 지나 다시
다용도실로 미끄러져간다 아 놀라워라
저놈에겐 다 길이다 온통 환하다
아내도 놀라 폴짝 뛰며 길을 내준다
완벽한 에나멜 빛 전천후 세단
저 바퀴에겐 벽이 없다 절망도 없다
신나게 달려간다
연미복 정장의 최고 신사지만
아내의 기겁에 나는 쓰레받기를 든다
아까운 세단을 내쏟다
뒤집혔다 일어난다 바퀴 다시 달린다

발꽃

예수는 천천히 발을 씻었다
복숭아뼈와 발목에서 시작해
발바닥으로 그리고 발가락 사이
갈라진 뒤꿈치가 허옇게 불도록
흙물 든 각질도 문지르며
발톱 때도 하나씩 한 겹씩
발등의 음영을 만지며
물이 식으면 더운 물 보태고
뼈와 뼈 사이 스미며
자신도 만져 보지 못한 상처를
굳은살을 주무르고 폈다
발이 바알갛게 피어났다
예수는 눈송이처럼 걸어갔다
베드로는 발을 씻으며 울었다
아무 말 없이 오래도록
검은 발을 눈물로 비볐다
오늘은 충분히 뜨겁다
잔등 위로 하얗게 눈이 내렸다

밤에

비는 내리고
내 푸른 손가락을 만지다
나는 생각합니다
흐린 창밖 가늘게 걸어가는 사내
숲 속 골짜기에 쭈그리고 앉아
한줌 꽃잎을 띄우고
그 한줌이 분홍노을로 번져가는 걸 보다가
그러다가 영영 돌이 되어
천년이고 만년이고 흘러갑니다
그리고 어느 날 어느 한 여자가
그 꽃잎처럼 부드럽고 붉은 손으로
나를 더듬어 깨우면
다시 만년이나 되는 꽃이 피고
구름이 일고 한 번은 오늘 같은 비가
꼭 내릴 것이라고

밥 한 사발 김치 한 보시기

내 그리운 것은
그리운 사람과
옻빛 개다리소반에 둘러앉아 먹고 싶은
밥 한 사발과
김치 한 보시기

막 해 퍼 단김 팔팔 날리는 밥 한 사발과
겨우내 익어 새콤한 김치 한 보시기

군침 돌게 하얗고 빨간
뜨겁고 차가운 그것을 입안에 오물거리면

새콤달콤한 것이
온몸에 불을 켜고 돌돌돌
피가 돌겠네 온 세상 봄이겠네

풍찬 거리 헤쳐 온 아비에게도
개구쟁이 아이에게도

해와 달이 사랑하고 하느님이 아끼는
밥 한 사발

예나 지금이나
밥 한 숟가락 김치 한 젓가락에
배보다 그득해지는 그것

별을 보며

나이 사십 넘어 겨울 끝자락
나는 산간 강변 한 농장 곁방에 누웠다
가족도 없고 갈 곳도 없이
주인이 청소하고 한 대 피고 간
방에서 밤새 콧물을 흘리며 뒤척였다
날카론 눈빛 차가운 말씨들
세상은 참으로 견고하였다
지켜내고픈 자유며 사랑 따위
나는 몇 푼 돈에 쩔쩔맸다
주인의 친절로 바닥은 끓지만
내일도 어둠은 가시질 않을 것이다
잘난 자유가 이것이란 말인가
알뜰한 사랑이 이것이란 말인가
시리다, 개울가에 오줌을 누며
천억의 하늘이여 찌릿하구나
언제나 아무렇지도 않구나 내일이면
사람들은 또 천진히 웃으리라
벽지에 그려진 수없는 나뭇잎처럼

많은 날들이 가도 다시 새 잎은
잊혀진 노래를 꺼내리라
오늘은 청동거울 속 별처럼
뒤척이자 깊이 더 깊이

별이 빛나는 밤에

그대여
우리는 어디에서 와 어디로 갈까요

어느 밤 저는 후미진 산골 낯선 평상을 빌려
별이 빛나는 밤을 올려봅니다
천년 만년의 하늘엔 수많은 별들이 풀떼기처럼 떨리고
통곡하고 싶지만
막상 저는 아무 생각도 할 수 없습니다

어차피 길은 먼지와 땀과 피로를 주고
낯선 길 위 당신은 눈물로 부르튼 발을 주무르고 있을 겁니다
당신의 고생을 함께 나눌 수 없다는 것은 슬픈 일입니다
더불어
봄 오는 길모퉁이 환하게 연둣빛으로 피어나던 자작나무와
깊은 산골 산벚꽃의 화사함은 애잔했습니다
길마다 숨어 있는 눈물겹게 예쁜 빛들 보며
제가 만난 사랑을 함께 나눌 수 없다는 것은 역시 슬픈 일입니다

우리의 가슴은 그렇겠지요
호흡처럼 살아 있는 마음을 함께 나눌 수 없다는 것은 역시
슬픈 일입니다

그러나
별빛으로부터 이슬이 내리고
그 이슬에 차갑게 깨어 하늘을 볼 때

별들은 몇 억 광년의 그리움으로 어둠을 견디고 있습니다
그렁그렁 이슬은
별들의 약속이겠지요 어둠의 알이겠지요
그리하여
어둠에 묻힌 행성같이 쓸쓸한 날에도
그대여
세상 이 끝에서 별과 풀꽃과 이슬의 노래를 불러야 할 것 같
습니다
내일이면 우리가 또 어느 길을 외로이 걸을지라도
별의 웃음을 기억하며

사그륵사그륵 맷돌은 돌고

힘없이 차가운 방바닥에 누워 벽시계를 보면
밤과 낮이 돌고 내가 돌고
새까만 중학시절 누워 눈감고 우주 끝 더듬다가
현기증에 나락으로 꺼져들 듯
내가 하늘과 땅의 맷돌에 갈리고

사그륵사그륵
온 하늘의 별과 은하가 다 빨려 들어가고

바다 밑엔 지금도 요술 맷돌이
저 혼자 돌아 사그륵사그륵 소금을 낳고 있다는데
눈물이 양념이라고 그 찝찔한 것을 가마로 들여
폭폭한 계절 할머니는 알뜰히도 간수를 받아내고
썰렁썰렁 바람 불면 두부를 가라앉히었다
신석기 적 갓옷 입은 곰녀가 무릎 꿇고 수수 갈던 그 소리로
몇 만 년 동안 우릴 먹여 살렸는지 모를 일이다

지금은 할머니 가고 할머니의 맷돌도

농업박물관 어둠 속에 꿈처럼 잠들었는데
사그륵사그륵 그 소리는 남아
여태도 내 가슴에 돌고 있다

태초에도 이 소리는 있어
흑암에 사그륵사그륵 돌며 우주가 만들어지고 연방
블랙홀로 들어가 화이트홀로 솟구치듯
콩가루 같은 별무리가 터지며 대폭발이 있었다는데
그것이 해일로 자꾸만 떠밀리고 멀어져
밤하늘은 그립고 슬픈 것들로 까맣고
지상엔 사람이 외롭게 태어났다는데

수백억 년 뒤
할머니가 다시
그 맷돌을 돌리는 것이었다

어쩌면 그날 사그륵사그륵 맷돌 도는 툇마루에
다사로이 내려 할머니의 옷고름이며 치마에도 반짝이던
볕살은 우주의 고솝고 고손 콩가루였는지
참으로 환했는데

결국 온 우주를 빨아들이고
새 우주를 낳는 그것에
우유도 바르고 쌀가루도 뿌리며 오른돌이로

천축국 사람들은 다음 생의 황금 같은 환생을
빌고 또 빌고 …, 더 먼 서천 꽃밭
그리운 사람들이 옹기종기 앉아 맷돌을 돌리며
슬픔을 가라앉히고
눈부시게 꽃가루를 휘날리기도 하였으리라

지구는 누가 돌리는지
흰 손이 잡힐 듯도 한데

찬 방바닥에 누워
내가 간수로 잘 굳힌 두부도 그립고
콩가루 꾹꾹 눌러 찍어먹던 인절미도 그리운 것은
나를 먹여 주는 그 손 때문이리라
할 즈음

딸랑딸랑 아련히
골목길 두부종 소리가 다가왔다

사랑 노래

내 사랑 지지부진하였네
여름 장마통 속 빗줄기
자욱한 저편 뛰어가 보지 못했네
지금쯤 뚝풀 잠기고 물살 위론
펄쩍펄쩍 피라미들 뛰어 오를까
오래 머문 기압골 어디쯤
처마는 음울히 노래하고 우는 창
추억이 날아와 달라붙어
흘러내리네 떠나네 떠나가네
낮은 우산들 따라 누추한
우리 사랑의 골목
물먹은 라디오처럼 잊혀진 노래
떠다니며 나 고등 부네
내 사랑 눅눅히 곰피었네
그 여자 강가에 앉아
하염없이 비 내리네

새

새들은
저 하늘 파랑에 저를 던지기 위해
얼마나 어두워야 했을까

연어처럼
몸 비틀며 햇볕을 거스르기 위해
얼마나 곤두박질쳤을까

모든 것이 떨어지고 떨어진 것들이 가까스로
기어갈 때 굴욕의 굴대 속에서
새는 얼마나 지독한 꿈을 꾸었을까

아 무거워라
바람도 햇살도 먼지도 무거워라

내가 허공을 노려보며
파르르 떠는 잎새에 골몰했을 때

파드드드 돛을 당긴 줄처럼
새의 어깨 근육은 팽팽했으리라

쇠그물보다 무거운 중력을 뚫고
하필 가장 먼
북극성을 좌표로

아름다운 가게

가게는 시간의 입구를 가졌다
연둣빛 나뭇잎이 그려진 문으로 들어서면
쓸모없는 그러나 아직은 쓸모가 남아
입양을 기다리는 아이들처럼 앉아
서글프게 모서리를 반짝이는 물건들
때 낀 크레용은 눈 맑은 아이의 하늘을 메웠으리라
나는 색종이를 만지고 리코더를 만진다
누군가의 추억을 끼웠을 쾡한 액자
헐렁한 운동화와 퇴색한 구두는 깊다
더 이상 온기를 지니지 못한 옷가지는 홀쭉하다
살림이 되지 못한 집기 사이를 돌아가면
하류로 떠밀린 인형들이 단체 사진을 찍고 있다
공허하지만 평안한 진열대를 산책하면
세월의 나이테에서는 정말 나무 냄새가 난다
때로는 일본 여자가 소곤거리다 가고
때로는 필리핀 여자가 옷가지들을 고른다
물길을 따라 구르며 닳은 잔돌처럼 다정하게
각자의 가방을 낀 채 버스를 기다리는 사람들처럼

물건들은 약간의 떨림으로 앉아 있다
미풍이 인다 쉼 없이 미세 전류가 흐른다
문득 누군가의 손끝이 닿으면 짧게
저들의 모세혈관에도 피가 돌고 온기가 흐른다
문밖에서 시간은 홍수처럼 물건을 휩쓸고 간다
하지만 물건도 따뜻하고 애잔하다
나는 그저 시간을 산책한다 몇 시인지
알지 못한다 하지만 시간이 남았다

어느 날 시간이 멈췄다

어느 날 시간이 멈췄다
플라타너스 가지가 살짝 흔들렸다
붕어빵이 빵틀에서 막 튀어나올 때
한 아주머니가 173번 버스를 타기 위해
뛰어가고 있었다
어쩌면 그 순간

신호등은 빨갰다
입수 1미터 앞에서 다이버는 멈추고
수선화도 뻗던 뿌리를 잠시 쉬었으리라
멈췄다 모두
멈췄다

엘리스가 들어간 토끼굴은 환했다

햇살 안에 시간이 없고
시간 안에 햇살이 없었다
나는 그저 햇살 아래 서 있었다

오른쪽도 왼쪽도 아무것도 없었다
그 순간

나도 없고 너도 없었다
벽과 하늘이 다르지 않고
새와 내가 다르지 않았다
나는 심호흡했다

그리고 다시
째깍째깍 시간이 갔다
망원역 1번 출구로 사람들이 비둘기처럼
쏟아져 나오고 있었다

시간이 내내 멈추어 있었다

엄마손 칼국수

비 오는 골목에 앉아
칼국수를 먹는다
늙은 어미는 무엇을 할까
시속 5킬로의 뻘차로 달리는 갯가 여자들이
파도에 바지락을 씻듯 비가 온다
찝찔한 물을 달도록 끓여
파 뜬 우윳빛 국물
뜨거운 것이 가슴으로 밀려든다
파도 소리 들으며 반죽하는 엄마의
굵은 면발처럼
비가 오고 어둠이 내린다
창밖엔 물고기처럼 사람들이 지나간다
몸 연 바지락의 벌린 속이 하얗다
그 부드럽고 쫄깃한 꽃살을 떼어 나는 씹는다
찝찔하고 단, 이것이 사랑인가
김처럼 사슬들이 풀어진다

오동나무집

배고픈 저녁 벽에 기대어
나무는 죽어 가고 있었다 검게
썩은 속으로 넓은 잎을 토했다
할머니는 녹슨 풍구 소리를 냈다
벽에 똥칠을 하고 고무신을 숨겼다
그럴 땐 새색시가 되었다
아가씨 아가씨 우린 비웃었다
쥐오줌 얼룩진 천정에선 악취가 났다
똥을 먹고 밥을 싸는 날들이 가고
먹어도 먹어도 배고픈 저녁 옆집에서
우리는 홀쭉이와 뚱뚱이를 보거나
톰과 제리를 보고 낄낄낄낄
밤에도 쫓기는 꿈에 시달리며 즐거워했다
간혹 산 넘는 밤바람에
오동나무 흔드는 요령 소리 들리면
할머니는 누가 왔다며 문을 열었다
흑백 테레비처럼 흔들리는 밤
오줌 지려 실눈 뜨면 15촉 전구 아래

어머니는 헌 보자기처럼 늙어
하얗게 헤진 것들을 깁고 있었다

오이디푸스

인간은 결함
실업과 빈곤과 의무의 족쇄로부터
눈을 감으면
세상 모든 신호등도 꺼지리
거리는 어둠의 물살들이 밀고 밀칠 뿐
행복은 추억의 잔상을 남기고
멍처럼 사라지네
사랑하는 이여 꿈이여
우리의 자유도 오열도
봄바람에 낙엽처럼 휩쓸려 갔네
망막이 뜨거워
차라리 눈 감으면
아무것도 아닌 어둠이 세상 전부인 것을
세상 전부가 결국 어둠인 것을
내 손 끝에 아직도 타오르는 그대의 윤곽이
유일한 흔적인데
아무리 더듬고 더듬어도
낯선 어둠의 골목은 끝이 없네

여기 앉아 나 어둠이 있기 전
어둠이 있기 전 어둠의 사정을 생각하네
인생은 잠들기 전 어둠이라고

익산 부근

논산 지나
마한 땅 가는 길
갓길 밖 비탈에 인부가
다리를 부리고 앉아 담배 한 개비
조용히 하늘에 풀어놓고 있었다
시속 110킬로로 지나치며 본
아스콘, 양생 중!
300미터의 부화장을 보았다
아, 길이 자란다
유월 논물에 제 얼굴을 비추며
낱낱이 자라는 볏모처럼
길의 세포가 자라 살이 만들어지고 있었다
좀은 삭막한 도시들을 이으며
바닥을 드러낸 채
견고한 침묵을 쌓고 땡볕에
무르익었던 것이다
모든 길이 다 한땐 저렇게
물렁한 곤죽이었을 것이다

마한의 싱싱했던 길들도
차창 너머
양생 중인 길이 멀어진다
마한을 지나고 있었다

전력질주호

여름 유원지 아름드리 포플러 아래
거세된 퇴물 말없는 말이 있었다
가는 발목과 아직은 단단한 엉덩이
경마장 트랙을 가쁘게 질주한
아버지는 선진운수 늙은 운전사였다 퇴임 후
정수기 외판을 한 달 하다 말을 잃었다
말 없는 기수가 된 것이다
말은 버들잎 같은 꼬리를 흔들며 걸었다
꼬마를 태우고 다시 계집애를 태우고 한없이 느리게
일본인 나막신처럼 또각 또각 또각
포도를 한바퀴 돈 뒤
목마가 되어 가만히 포즈
이따금 입을 움직여 허공을 씹었다
스냅 사진 속 강물은 빠르기만 한데
아버지를 태운 전력질주호 천천히 걷기 시작한다
엔진 끈 정적 속에
또박 또박 또박

천국의 아이들

3월 어느 날 오후 2시 보람아파트 놀이터
유모차를 밀고 ㄱ자 할머니들이 하나 둘 나온다
보행기 잡고 아장아장 걸음마 하며
벌주부처럼 등에 예쁜 무덤 하나씩 달고
새 아기를 밴 걸까 비둘기들이 갸웃거린다
이따금 산수유나무가 화사한 기침을 했다
아이들이 모두 Spring을 배우러 유치원에 간 뒤
언제부터인가 놀이터는 할머니들 놀이터다
하나 둘 빈 유모차를 세우고 조르르 앉는다
모래밭엔 쬐그만 개똥이 쿨쿨 자고
쑥을 캐기엔 너무 좁은 광장 놀이터
햇살이 손 흔들며 쪼르르 미끄럼을 타고
바람이 동동 발을 굴러 그네를 탄다
할머니들은 구름같이 환해져 마른 얼굴을 부빈다
거미가 철봉에 매달려 웃샤 턱걸이를 하고
없는 아이들이 쿵덕쿵덕 시소를 탄다 그러다
얼음! 하고 돌멩이가 멈추자 비닐이
푸르릉 달아난다 어느새 그림자가 덮어오고

할머니들이 텅 빈 아이들을 태운다 보행기 잡고
아장아장 납골당 가듯 엘리베이터를 탄다
보람아파트 놀이터가 어두워진다

통통

아기가 걷는다
정류장 플라타너스 아래
탁구공 튀듯
예측할 수 없는 방향으로
가볍게 고무공 발로 통통
달나라 걷는 우주인처럼
달리며 입을 벌릴 때마다 퐁퐁
웃음이 튀고 고걸 잡으려 통통
참새 다리가 자꾸 튕긴다
아 통통한 저 우주인
지구 착륙 놀이에
나무가 술렁이고 건물이 기운다
물렁한 도로로 버스가 둥실 와
꺼윽 트림을 뱉자 갑자기
도로로 뛰어드는 우주인
지구인들 일제히 고함지르며 기우뚱
아슬아슬한 곡예를 본다
눈알이 팽그르르 돈다

통통 우주인 연신 웃으며
통통 통통 지구 임무 마치고
모선에 안긴다
핑그르르 인공위성이 돈다
햇살이 눈부시게 튄다

하르르

눈물도 저런 눈물이 있을까요
바위보다 하얀 순백의 산벚꽃잎이
하르르 하르르
날아 내리는 걸
그중 몇 개라도 받아보려고 손을 내밀다
저는 그만 눈물이 핑 돌았습니다
허공의 꽃등이 환했다가
도로 어두워지는 동안
삶의 파동은 어느 만치 닿았을까요
우리의 꿈도 사랑도 저러했지요
망막처럼 얇게 벗겨지는 소리일까요
하르르 하르르
진관사 계곡 꽃길 밟아 내려오는 길
다시 여울에 맴도는 산벚 꽃잎 바라봅니다
길섶 정적 뚫고 나온 풀잎과 노란 제비꽃
아기 솜털 빛 생강 나뭇잎은
얼마나 보드라웠는지요
진달래 철쭉으로 환하게 봄비는 산중

하르르 하르르 소리 없이 저를 벗던

산벚나무 있었습니다

할머니와 강아지

무수골 천변 무허가 집
강아지 엄마는 할머니
할머니 아가는 강아지

아침부터 촐촐촐
발꿈치 따르며
꼬리를 흔듭니다

흰둥이는 할머니가 먹던 밥을 먹고
국도 먹고 반찬도 먹습니다
할머니의 근심도 먹습니다
늘 함께 먹습니다

강아지가 할머니 검버섯을 핥으면
할머니가 강아지처럼 웃습니다
강아지도 할머니처럼 웃습니다

일 년에 두 번 아들이 다녀가지만

강아지는 할머니를 떠난 적 없습니다

오늘 아침도 봉선화 핀 무수골 골목을
할머니가 강아지와 산책합니다
구멍가게 앞에 서성이던 아줌마들도
모두 강아지같이 까르르 웃습니다
무수골에선 햇살도 강아지를 닮았습니다

강아지가 하느님 선물이거나
강아지가 하느님입니다

오늘도 담 귀퉁이에 찔끔 갈기는
개구쟁이 흰둥이

2부

나무 원통사(圓通寺)

도봉산 원통사 가는 길
돌무덤 지나 나무 아미타불 벼랑바위 지나
무수골짜기 오르는데
나무 관세음보살 우뚝 바위 또 나와
참나무 단풍나무 서어나무 울창한 사이
물소리처럼 저절로 나무나무 소리 이어지네
나무 나무보살 나무 바위보살 나무 새보살
도룡뇽이랑 딱따구리랑 산꿩이랑
물소리랑 바람소리랑 같이
나무들 사이 나무나무 노래하네
나무 아내보살 하니 아내가 싱글벙글하네
그래 계속 나무 엄마보살 나무 아빠보살
나무 아기보살 나무 학생보살
나무 할머니보살 하니 마음이 자꾸 환해지고
다시 나무 계곡보살 나무 하늘보살
나무 구름보살 나무 진달래보살 하니 시원해져
나무 흙보살 나무 신발보살 나무 눈꼽보살
나무 배꼽보살 나무 개미보살 나무 핸드폰보살

하니 나무들도 흐뭇해해
나무 귀신보살 나무 지옥보살 나무 도깨비보살
나무 미국보살 나무 일본보살 나무 김정일보살
나무 도둑보살 모두에게 나무 하니
천둥 같은 바람소리에
온 산이 휘청거리네
숲 속에서는 역시 나무나무 나무나무
나무 노래하는 게 최고인 줄 알고
두루두루 원통사까지 갔더니
하늘은 벌써 뻥 뚫리고
부처님이 껄껄 웃고 있었네 그래
아이고 나무 부처보살!
납죽 엎드렸지

뒤샹1
- 도토리 줍다

뒤샹 씨 카이젤 수염을 다듬고
당고개 마을 수락산 남쪽 골짜기로 들어가네
쪼그라진 올챙이 배낭엔 구름도 바람도 없이
정오의 햇살에 딱 탁 또르르
탁 뚜껑을 열며 떨어지는 참나무 숲이었네
졸참나무도 갈참나무도 굴참나무도
요강만한 놈 목탁만한 놈 주먹만한 놈 참외만한 놈
노란 놈 까만 놈 좀 퍼런 놈 깨벗고 연달아 낙하했네
부웅 붕 바람이 불 때마다 휘청거리는 숲
딱 탁 또르르 탁 탁 탁
청솔모가 갉아 놓은 솔방울엔 송진 내 진동하고
솔버섯 까치버섯 망태버섯 영지버섯까지
반짝이며 산초향을 들이마시는데
뒤샹 씬 도토리에 눈이 멀어 주엄주엄 주엄주엄
다람쥐같이 조르르 달려가 웅크리고
주머니마다 다람쥐 볼처럼 금새 불룩해졌네
세상에나 세상에나 요 요 이쁜 놈들

학림사 풍경 소리 팔랑팔랑 날아갔네
순간 뒤샹 다람쥐 예쁜 줄무늬다람쥐를 발견했네
내처 그 다람쥐 따라 도토리나라까지 갔더니
온통 찌그러지고 벌레 먹고 쥐망울만하거나
뿔따구처럼 뿌리가 쏙 삐져나온 놈뿐이었네
천년의 참나무 가지 뛰어다니며 다람쥐들 노래하기를
'다람쥐는 숲 속에 새는 하늘에
고기는 냇물에 사람은 마을에
다람쥐는 찍찍 새는 짹짹
고기는 뻐끔 사람은 룰루랄라'
참나무들 일제히 춤추며 소리쳤네
'바람아 불어라 겨울아 와라
물은 흐르고 햇살은 넘친다
우리는 벌써 할 일을 마쳤다
바람아 불어라 겨울아 와라'
천년의 참나무숲이 바다처럼 출렁였네
뒤샹 다람쥐 도토리알 하나 우적 깨무니
염불같이 떫고 울적했네, 그때
예쁜 줄무늬다람쥐가 황금 도토리알 하나 주었지
손 안에서 도토리알은 금방 우윳빛 뿌리를 뻗고
자크의 콩나무처럼 쑥쑥 자랐네
학림사보다 크고 수락산보다 높게
서울을 덮고 급기야 하늘로 솟구쳤네
후드득 후드득 세상을 후려치며

황금 도토리알 천지에 소나기처럼 쏟아졌네
딱 탁 타르르 딱 탁 탁 따다닥 딱 탁 딱 탁
뒤샹 씨 터진 배낭 메고 곰비임비 뛰었네
내려와 석달 열흘 말을 잃었네
그 골짝 다시 찾을 수 없었네

뒤샹 2
-파자마 입은 뒤샹

당고개역 수락산 학림사 가는 길
아카시아 흐드러진 흑백사진 같은 산동네
골목길 분홍욕조가 일광욕을 하고 있었다
찰랑찰랑한 흙 안에 골파와 빨간 상추가 고개 내밀고
소털 같은 이끼 앉아 있었다
문 벌컥 열고 무릎 꿇었다
대나무 장대 아래 빨간 卍자 깃발 꽂은 집
개다리소반에 엽전 던지고 쌀알 흩뿌리는
파자마 입은 뒤샹 씨, 제자로 삼아 주세요
밤마다 오줌을 먹고 자란 상추가 빨갛게 빛났다
저도 어릴 때 욕조 안에 개구리를 키웠지요
가끔 지렁이가 나타나던 욕조에서 자위를 하고
그리마가 자주 익사해 허옇게 부풀곤 했지요
뒤샹 씨는 솔담배를 파이프에 끼워 물고
정강이를 긁었다 반짝이며 살비듬이 날았다
솔솔 피어오르는 연기가 학처럼 떠돌다 사라졌다
상계동을 내려보며 뚱그런 눈으로 뒤샹 씨가 말했다

당고개가 거대한 욕조야 개벽 시대의 방주지
오줌이 거름이 되고 상추꽃이 핀다네
그러고 보니 지린내와 변소 냄새가 홍건했다
뒤샹 씨가 다시 숨을 뿜자 학이 훨훨 날았다
상계동 뱃노래가 들리지 않나? 하늘이 번쩍 했다
개념 미술을 기대했는데 조선 풍수지리다
그가 고독하게 평생을 보낸 이유를 알 만했다
돌아오며 나는 날아가는 변기를 타고 있었다
노아와 개미와 망초와 눈물을 심어야지
갈매기들이 끼르륵 끼륵 중랑천을 날았다

들소

화살을 맞고 달려가는
들소처럼
저 푸른 지평으로

가리라
땅을 박차고
거칠게
하늘 숨쉬며
붉은 발자국 꽃 찍으며
달리리라

온 천지
황혼으로 물들 때
서서

어둠 짙어지고 밤 새는
들소처럼
숨 쉬고

다시 들판을
달리리라
맞은 화살 세우고

똥

닭똥은 가늘고
개똥은 도톰하고
소똥은 철퍼덕

내 똥은
내 똥은
비밀!

개미 똥꼬는 까맣고
여치 똥꼬는 파랗고
원숭이 똥꼬는 빨개

내 똥꼬는
내 똥꼬는
메롱!

하지만 내 똥이
제일 냄새 나지

사람이니까 욕심이 많아서

너희 똥은
다 깨끗해

사과는 붉게

소백산 마루 사과가 익어요
저녁의 문지방 넘듯
아침의 문지방 넘듯
산안개 속 노을이 응결해요
파란 하늘 아래 새파란 사과는
깊은 밤 씨앗 품으며 반짝였어요
시큼한 과즙에 놀라지 마세요
사랑은 그렇게 물들고 떠나니까요
낮과 밤 사이 여름과 겨울 사이
구름은 쏟아지고 우르릉 우르릉
물소리 요란했지요
소리 없이 물들었어요
산새 소리에 바람 소리에
사과는 붉게

산, 들, 바다 그리고 바람

알 수 없어라
산은 왜 산이고, 들은 들이고,
바다는 바다일까

산은 서 있어서 산일까
산 것들이 삶들이 깃들어서 산일까
어떤 사람이 처음 산을 산이라 불렀을까, 연인처럼
그때 산은 뭐라 답했을까

알 수 없어라
들은 드러누워 들일까, 처음
마고할머니가 누워 누리가 된 걸까
땅이 누래 누리가 된 걸까 아니면 그 땅이
하늘을 받들어 들이 된 걸까
뭇 생명이 드나들도록 받아들여 들일까

처음 어떤 사람이 들을 들이라 했을까
누리를 누리라 했을까

그때 땅은 뭐라 답했을까 풀은 뭐라 답했을까

알 수 없어라
바다는 왜 바다일까
강과 시내, 빗줄기까지
세상 모든 물을 받아들여 바다일까
하늘의 별과 달과 해와
모든 삶들의 슬픔과 그리움, 더러움까지 다 받아
깊어진 걸까 넓어진 걸까, 바다는

아니면
바다는 무얼 바라는 것일까
한없이 넓고 넓어 바다일까
그 어떤 이가 처음 바다를 바다라 불렀을까
바다는 뭐라 답했을까

그렇다면
산, 들, 바다를 떠도는 바람은 무엇일까
산을 오르면 산바람이 되고 들을 걸으면 들바람이 되고
바다를 달리면 바닷바람이 되는
바람은 무엇을 찾을까

정말 어떤 바람으로 바람은 갈라진 땅과
얼어붙은 산을 찾아다닐까

우리는 모두 어떤 바람을 기다릴까
또 바람의 이름을 처음 부른 사람은 누구일까

알 수 없어라
과연 누가 산과 들과 바다와
그리고 바람의 이름을
친구처럼 처음 불렀을까, 알 수 없어라
생각하면 생각할수록 알 수 없어 가득해져라

새와 나무

아무도 찾지 않는 벌판
아무도 찾지 않는 나무 하나 있네
새는 그 나무가 좋네
나무가 콩나물처럼 어릴 때부터
새는 나무를 사랑했네
아침 시냇물에서 목욕을 하면
물 한 모금 물어 나무에게 주었네
봄날 가지에 물빛 새 잎이 돋자
새는 너무나 행복해 연신 지저귀었네
잎을 갉지 못하게 애벌레들을 잡으며
새는 종일 나무가 보이는 곳에서 놀았네
그리하여 파랗기만 한 나무가
여름에 노랗고 하얀 꽃을 피웠을 때
새는 얼마나 놀라고 신기했는지
그날 새는 하늘높이 솟구쳤다 내리길
몇 번이나 했는지 모른다네
나무도 그걸 안다네
새가 앉을 때마다 나무도 행복했네

새는 나무가 알지 못하는 세상의 이야기를
멋진 노래로 불러 주기도 했네
시냇물이 흘러 어디로 가는지
달나라에 산다는 외로운 나무 이야기나
이곳을 지나간 사람들의 아픈 이야기
그리고 나무가 얼마나 아름다운지
밤이면 나무는 새가 들려준 이야기로
행복한 꿈을 꾸며 잠을 잤네
꿈은 나무의 열매 속에 까맣게 맺혔네
가을이 오자 열매는 노을처럼
빨갛게 익고 단내가 났네
나무는 말했네
새야 이 살을 한 입 먹어 보렴
이것은 너를 위해 만든 거란다
겨울이 오면 나를 먹으려무나
나무는 잠들고 말이 없었네
나무는 겨우내 새가 먹을 만큼
많은 열매를 남겼네
새가 열매를 먹자
나무가 새 안에 들어오는 것 같았네
새는 알았네
입안에 남은 씨앗의 의미를
새는 나무를 떠나기 싫었지만
열매를 먹을 때마다 들판을 날아다녔네

눈이 와도 바람 불어도
그러다 새는 그만 들판 끝
너무 멀리 날아와 지쳐 돌아갈 수 없었네
그 위 하얗게 눈이 내리고 바람이 불었네
이듬해 봄
나무는 잠에서 깨었네
나무가 들판을 보았 때
들판은 물빛 눈부신 새싹들로 가득했네
들판이 바다처럼 반짝였고
새싹들은 모두 새의 노래를 부르고 있었네
나무는 울음을 터뜨렸네
그것이 새의 마지막 선물이라는 걸 알았네
그날은 햇살조차 슬펐네
아이들아 숲은 새와 나무의 사랑으로
태어난 거란다 너희처럼
그리고
반짝이는 것들은 예쁘고 슬픈 거란다

세상 한 귀퉁이

세상 한 귀퉁이
들깨는 꽃을 피워 꿀을 만들고

세상 한 귀퉁이
모래알은 시냇물을 맑히고

세상 한 귀퉁이
바람은 새들을 높이 날려주네

세상 한 귀퉁이
나는 무엇을 할까?
석등에 앉은 돌옷처럼 햇볕이나 쬘까?
꼬마 아이들과 놀이터에서 흙장난을 할까?
먼지는 모여 씨앗을 품는데
세상 한 귀퉁이
나는 무엇을 할까?

세상 한 귀퉁이

저물녘 거미가 일어나 헌 집을 기우고
어미는 새벽에 일어나 밥을 앉히네
세상 한 귀퉁이
나그네는 걷고 걷고
별들은 나그네를 위해 빛을 던지네

나는 무엇을 할까?
민들레처럼 따스한 날
아름다운 세상
한 귀퉁이에서

수락산 아흔아홉 골짜기

수락산 아흔아홉 골짜기
지도에는 나오지 않네
거미줄 길에 얽히면 나오질 못하지 설사
지독한 당신이 아흔아홉 골짜기를 다 누벼도
언제나 거기 한 골짜기는 더 있네
귀신 쌧나락 까먹는 소리인지
구미호 방귀 뀌는 소리인지 알 수 없지만
청동 황동 숲 지나 비단 계곡
꿀처럼 맑은 물 천수 만수향 자욱하고
관음보살이 목욕하는 것 같네
일찍이 수천 거사와 이인들이 그 물에 몸 담그려
북적였지만 아무도 들어갈 수 없었네
그러나 산 때문에 몸살나 본 사람은 알지
나무뿌리 돌부리에 걸려 넘어져 봐야
벼락처럼 맑은 순간도 있다는 것을
기진하고 맥진한 그 순간 도끼처럼
한 세계가 열릴 수도 있다는 것을
숲 속 웬 노인이 나타나 길을 알려주거나

나비가 길잡이가 되어 주기도 하지
노랑턱멧새의 노래 소리가 몸을 환히 뚫으면
어둡던 숲이 갑자기 환해진다네
제비꽃 물봉선의 인사말이 들리는가
당신은 이미 그 집 문지방을 넘은 것이네
아, 거기엔 똥통에 머리 내밀고
세상이 미쳤다 외친 중도 있어 장기라도 한판 둘 수 있지
이 세상 저 세상 세상 따윈 솔가지에 걸어 두시게
까마귀가 까악까악 울 뿐이라네
수락산 아흔아홉 골짜기 일제히 울어
천지가 요동해도 그 물이 모두 모여
한강수로 간다니 길이 궁금하거든 그대
저기 갈매기에게나 물어보든지

정자나무

새 아파트 단지가 생기고 아름드리
이백년 된 느티나무가 입주했다
백전노장 노거수의 품위가 물씬 풍기는데
절반은 썩어 의사에게 수술까지 받았다
무주나 상주 어느 산자락에서 포크레인에 파이고
덤프에 실려 서울로 이사 온 것이다
모든 것을 버려두고 왔다 낮잠 자는 노인들과
강아지와 풀 뜯던 염소 울음
올빼미와 까치 산골바람 숲 그리고
이백년 동안 뻗었던 뿌리를 끊고
흙과 냇물을 놓고 왔다
그 옆엔 중국 강변에서 온 괴수석이 입주했다
'잔디 보호' '나무를 사랑합시다' 팻말 뒤
나무는 검게 벌 받고 겨울은 유난히 추웠다
입주자들은 늙은 나무 앞에 와 사진을 찍었다
괴목과 괴수가 나오는 멋진 설경이었다
하지만 봄이 오자 나무에 주렁주렁 링거가 걸렸다
여름이 와도 봄은 오지 않았다

대신 포크레인이 오고 덤프가 왔다
며칠 뒤 그 자리엔 오십 년 된 느티나무가 입주했다
'나무를 사랑합시다' 플라스틱 울타리 안에

지렁이

너는 몸뚱이밖에 없다
문둥이처럼 슬펐는지도 모른다, 하지만
네 몸의 붉은 주름을 출렁이며
온몸으로 어둠을 뚫을 때, 행복했다
흙을 씹고 어둠의 식도를 통과하며 너는
행복은 은밀한 것!
수억 광년 별빛이 우주를 날아와 접선하듯
번개 치는 밤에도 너는
기쁨의 전율로 몸 감았다
내 척수를 타고 흐르는 이것!
가슴에 환해지는 이것!
발전소처럼 웅웅거리는 이것!
앉아 생각한 자는 숲과
사막을 건너온 자를 이해하지 못한다
내겐 시간도 좌표도 꿈도 의미 없다
농부의 무심한 삽날에 아랑곳 않고
너는 삶에 투신한다

초록이 나를 물들일 때

내게 갈참나무의 엽록소가 생기면
그날 나는 직장에 가지 않겠네
전기세를 내기 위해 쌀을 사기 위해
늑대 같은 자유를 버릴 필요는 없지
문 밖에 '일체사절' 써 붙이겠네
멜라닌 대신 이끼 앉듯
초록이 물들기 시작하면 물오르겠네
우듬지까지 두레박을 당겨
손톱이 연둣빛 봄눈으로 촉촉해지고
망막은 물빛 비늘을 밀어내며 반짝이겠네
아침 햇살이 연신 초록 풀장에 다이빙하면
나는 살을 열고 벌거벗은 햇살들을
첨벙첨벙 받아들이겠네
오후의 햇살 아래 초록의 배내옷을 뜨겠네
임신한 몸을 쓰다듬거나
느긋이 흔들거리다 이따금
초록 손가락을 펴 해를 가리겠네
몸 안에서 햇살은 뿌듯하고

젖가슴 가득 부풀어 오르겠네
나는 정말 살찐 나무가 되겠네
어두워 환생의 열매들이 자라는 동안엔
참 깊은 잠을 자겠네
연둣빛 애벌레가 아삭아삭 잎귀를 갉고
사슴벌레가 겨드랑이를 탐해도
나는 간지럼 같은 꿈을 꾸겠네
내 시계는 달팽이보다 느리리
이슬이 잔뜩 묻은 입술로 하품을 하며
나는 천천히 아침을 시작하겠네

춘추필법

그때 고래의 푸른 등이 보였다
들판의 도화지에 점을 찍다 하늘이
현장범으로 막 발각된 것인데 섬세한 모자이크 위 연둣빛
점들
고추며 감자 옥수수가 찍혀 있고
쇠라처럼
온통 물빛이 형형했는데
그림 한쪽에서 드드드드 이앙기 소리
농부가 모내기 하고 있었다 점묘법으로

정말 도둑처럼 봄은 슬쩍
밭둑과 산수유 가지에 몇 점 찍더니
어느새 일필휘지 연둣빛 소맷자락을 휘날렸다
남도의 갯가부터 아파트 베란다까지
무차별로 기계를 빠져나오는 원단처럼
구만리가 뿌듯하게 수놓아졌다. 탈탈탈탈
뽑혀 나오는 5월, 하늘이 영감에 사로잡혀
잭슨 폴록 식으로 초록 페인트를 마구 던졌다

쏜살 같다 제비표다

알고 보니 이도 춘추필법!
마하의 점이다 태초 그 순간
유구한 필법!
깜빡 속았다

논 한 폭 감상하는 백로와
들판에 서서 천지의 그림 엿보자니 가슴에
뭣이 팽팽히 차오른다 출렁출렁
들판의 실핏줄 따라 도화지를 적시는 초록물
점 점 꽃다지부터 철쭉 벽오동 찔레에게로
저기 청록의 해방군이 산정을 범하는 인해전술
춘하추동 춘추필법
저 환칠!

하백

샘을 보면 혀 밑에 침이 고인다
컬트처럼 관광버스를 타고 몰려드는 사람들이
노천탕에 몸을 담그고 붓다가 되는 것은
물 안에서 자궁을 느끼기 때문이다
눈 녹듯 마음 날이 꺾이고 눈꺼풀이 내려진다
대관령 얼음물이 황혼의 바다에 젖어들기까지
수하 구절 아우라지 온 산천을 적시고
십만 억 벚꽃송이를 피우는 것은 사소한 일이다
여울은 파도와 같고 쉼 없다 알을 낳고 있다
열목어로부터 갈겨니 꺽지 뱀장어가 파닥이고
파다다닥 물새들이 날아오른다
이것은 만리의 악보다 40억년의 노래다
나는 강을 따라 걷다가 강이
나를 흐르는 걸 발견한다 한 개 자갈에도
한 개 모래알에도 강이 흐른다 잎에도
달팽이의 눈에도
동강 60억의 자갈이 내성천 200억 모래알이
사그르르 사그르르 연주를 한다

메가밴드다 천지 합창이다

하늘과 땅이 거대한 입을 벌려 태양을 찬미하고

강은 조용한 희열에 안개를 피워 올린다

구름이 영을 넘으며 바위를 스친다

맑고 맑은 이슬이 짐승의 귀에 떨어진다

이것은 의미가 아니다

한 컵 물에

문득 귀가 열리고 눈이 떠진다

나는 물이다 하백이다

환생

아무것도 아닌 줄 알았다
나무가 톱날을 물어뜯다 결국
수직을 포기한 뒤
햇빛에 갈라지며 한 세대를 향기로 내뿜을 때
그것은 그저 사막의 수평선처럼
말없이 무구했다

하지만 아궁이에 불을 들이고
나는 보았다
그 안에서
그것이 꽃피는 것을
타닥 타닥 타닥 타닥 소나기처럼
나무는 가장 큰 추억을 풀어 놓았다
어쩌면 나무의 오랜 꿈일까
펄펄 잎이 피고 꽃이 폈다
거대한 나무가 다시 태어나고 있었다

분만을 돕는 내 손은

나무의 빛과 열기로 흥건히 젖었고
동공도 나무의 필라멘트로 환히 켜졌다
그래 아무것도 아닌 게 아니다
모든 것이다
나무는 그렇게 일어섰다

흰 소가 끄는 수레를 타고

바보와 바보의 전쟁을 버리고
위대한 왕들의 역사를 버리고
부자의 말뚝도 팽개치고
산으로 골짝으로 우리는
흰 소가 끄는 수레를 타고

나비와 함께 제비와 함께
소나기 날리는 보리밭길
무지개 언덕 넘어
회치며 날아오르는 수탉과
까불이 바둑이 앞세우고
흰 소가 끄는 수레를 타고

하늘가 터를 잡아
어미와 아비는 막대 치고
아내와 나는 노래하고
깨 벗은 아이들 춤을 추네
흰 소가 끄는 수레를 타고

졸릴 때 자고 일할 때 일하고
부자도 영웅도 믿지 않고
살구꽃 피는 오두막
하늘 바라며 사네
흰 소가 끄는 수레를 타고

*이중섭의 '길 떠나는 가족'을 보고 씀.

히말라야

사람들은 알지 못한다
그저 타국의 소문처럼 한때
대양의 바닥이었던 저 산이
아리안과 몽골을 나누었다고 알 뿐
빙하는 대륙을 봉합한 켈로이드*

네티처럼 저녁이 드리울 때
해골 베고 누운 사두의 흰 머리칼처럼
구름이 나부낀다
시바의 결가부좌
천의 협곡을 거느리고 너는 언제나
달리며 멈춰 있다

사방에서 너를 본다
탈레반 반군이나 티베탄이나
박격포를 겨눈 중공군이나 인도군이나
샬롬 샬롬 옴 샨티 샨티
사방에서 너를 본다

끝없이 이어진 길
알렉산더의 병사들이
혜초의 학승들이
마르코폴로의 카라반이
개미처럼 산을 감아 도는 동안
히말라야는 파도쳤다
끝없이 끝없이 끝없이

존재, 그리고 무
히말라야
창공과 달과 해와 바람과 빙하
천 길 낭떠러지를 돌아가는 나귀
방울소리가 울린다
팔만대장경을 짊어진 나귀
모든 말을 인더스강에 쏟아 버린 걸음걸이

영원한 밤
히말라야의 창공은
천억의 별로 가득 찬다
옴 샨티 샨티

*켈로이드 : 상처가 나을 때 피부의 이상 증식으로 볼록하게 튀어나온 것

항아리

항아리 안에 들어가야겠다
뒤뜰 버려진
풀섶 묻힌 오지항아리
옹관인 양 웅크리고
한 십년 묵은 간장처럼
오래 어둠을 달여야겠다
바람에 풀벌레 소리에
항아리는 바다처럼 깊어지리라
소리 없이 그믐이 지나고
개똥이 하얗게 마르는 한낮
씨앗을 품은 대지처럼
내 가슴은 따뜻해지리라
다시 밤은 오리라
별들의 결정 맺으며 달콤하게
고독 한 종지 익으리라

3부

그 말

경마장에서 모두가 질주할 때
번들번들 땀 근육 푸들거리다
우뚝 멈춘 말이 있다, 질문하듯
주인이 박차로 찍고, 엉덩이 후려쳐도
멈춘 말이 있다, 길은
길이 아니다, 앙다문 어금니로
트랙을 벗어나는 말이 있다
휙 고개 젖혀져도 벗어나는 말이 있다
박수가 정적이고 야유가 축복이라는 듯
걸어 나가는 말이 있다
또각또각 삶에서 도살로 혹은
도살에서 삶으로, 울지도 날뛰지도 않으며
왕처럼 걸어 나가는 말이 있다

날카롭게 또 예리하게

겨울 빛은 가늘고 부드럽고
날카롭다, 가는 채찍질로 휘어 내리고
다시 탄력 있게 튀어 오른다
살아 있는 것들의 등덜미엔
상처가 반짝인다

고통스러워 고통스러워
생쥐는 검은 기둥에 이빨을 갈아댄다
사금파리같이 별이 빛나고
얼어붙은 어둠은 완고하다

날카롭게 더 날카롭게
버려진 쓰레기거나
손톱조각같이 무심히 지나친 말이거나
시대 앞에 지나치게 소심한 나이거나
날카롭게 또 예리하게

걸려 넘어가지 않는 낮달처럼

첨예한 이성으로
날카롭게 긁는다
자유의 고고학자가 되어 세상의 각질을
상처를 건드리며
비명처럼 살린다

무의미한 풍경을
예리하게 또 날카롭게
휘어 치는 빛처럼

네 길을 네가 가라

기웃거리지 마라
한눈 팔지 마라

바람이 바람의 길을 가고
접시꽃 위
주저 없이 햇살 쏟아진다

웅성대는 사람들
말을 듣되 그저 듣기만 하라
시냇물이 흐른다
네 길을 네가 가라

모든 말은 유혹이고 함정이다
눈 감고 가라
어둠이 길이다
후회 말고 부러워 마라

비 오고 천둥 쳐도 뛰지 마라

어두울 땐 반짝이는 별을 봐라

간 것도 없고 올 것도 없다
사는 게 죽는 것이고
죽는 게 사는 것이다

네 길을 네가 가라
죽도록 가라

다람살라 책벌레

다람살라의 안개는
히말라야 삼나무에서 피어
옴마니 팟메 홈 옴마니 팟메 홈 하며
골짜기에 퍼진다

부충 소남
늙은 혁명가는 새벽 긁던 펜을 놓고
각질 벗기듯 책벌레 서점 장지문을 뜯는다

설산 너머
고향 티베트는 하늘 너머 있지
지난 밤 나는 날개가 돋아
야크떼 하얗게 뿜는 입김처럼 날아갔네
히말라야 너머

망명 50년이 지나고
우리는 사라질 것이네
아메리카의 원주민처럼

닳아 버린 타루쵸처럼

이국의 눈 푸른 망명객들은
장터가 된 다람살라를 서성이며
무얼 추억하고 무얼 찾는지

희미하게
우리는 희미하게 사라질 것이네, 그러나
마니차가 돌고
붉은 승복처럼 자유는 살아 있을 것이네

아니
우리가 원래부터 자유고 독립이어서
바람에 더욱 나부낄 것이네

옴마니 팟메 훔 옴마니 팟메 훔
안개가 이슬을 놓고 사라져도

옴마니 팟메 훔 옴마니 팟메 훔
사랑과 평화의 물소리는 이어지리

늙은 시인은
안경을 닦으며 카운터에 앉는다
말없이 이슬처럼

돼지가 우물에 빠지던 날

내가 살기 위해
한 평의 공기를 두르고
몇 권의 책과 백지
수도꼭지 아래 쌀을 비비고
도시가스의 파란 불꽃에 냄비를 얹고

이 겨울 내가 살기 위해
한 개 창에
하늘도 언제나 보이니

돼지가 제 몸을 뒹굴리는
우물은
얼마나 넓은 천국인가?

그런데 나의 정치적인 일상을 도피라 매도한다면
몇 개의 사례를 들며 자폐라 규정한다면

나는 지름 오 미터의 구멍을 뚫으며

시대를 전진하고
역사와 종교와 이데올로기를 실험한다고

그리하여 돼지는 돼지답게
지난 겨울 발라먹은 유자씨를 화분에 키우며
쩌렁쩌렁 우물에서
멱따듯 노래 부르네
한 근의 자유를!

하늘은 내 것!

바퀴벌레2

저기 우글대며 벌레들이 달려온다
저마다 철갑에 페인트를 뒤집어 쓴 갑충들이
거대한 바퀴를 굴리며 도시를 점령한다
아마존에서 남극까지 사막도 거침없이 달리고
하이에나처럼 강한 턱으로 모든 것을 먹어치운다
이놈은 코뿔소보다 튼튼한 이마를 가졌다
야생마보다 섹시하고 사자보다 용맹하다
하지만 키클롭스의 저 거대한 외눈을 보라
하늘과 가로수 위 지나가는 구름 말고 그 안
놈의 밥통을 훤히 보라
먼지 더미 속 개구리처럼 유리를 올리고
권태에 지친 호모 사피엔스 사피엔스가
물렁한 내장에 앉아 빨갛게 올빼미눈을 말똥거린다
조심하라 놈은 골목에서 불쑥 튀어나온다
횡단보도 앞에서 신호를 기다리며 갸르릉거리는
이놈의 식욕! 움찔 하면 달려든다
매일 지질시대의 육즙을 마시고
해탈처럼 무한 속도에 목마른 이놈

지구에 나타난 육면체 철갑충!
맹목의 식욕으로 길을 능욕하는 돌연변이! 호모
사피엔스 사피엔스의 반추동물을 씹으며
오후의 숨 막히는 도시는 조용히 불타오른다

슈퍼맨의 죽음

1.

어린 시절 우리는 뛰어내렸네
내복을 입고 빨간 보자기 휘날리며
뛰어내렸네 두 주먹 불끈 쥐고
한 팔은 하늘로 나머지 팔은 옆구리 바짝 붙이고
뛰어내렸네 세 계단 네 계단 그러다 난간에서
어떤 놈은 2층에서 뛰어내려 텔레비전에도 나왔네
우리는 모두 슈퍼맨 동호회였네
우주 평화를 위해! 지구를 지켜라!
뛰어내릴 땐 발차기까지 멋지게 했네
흑백텔레비전 속 정의는 언제나 승리했네
박치기 대장 무하마드 알리 독수리 오형제
육백만불의 사나이 소모즈 원더우먼
악당을 처분하고 지구를 지켰으니
이름하여 지구방위대! 우리는
맘껏 박차고 뛰어내렸네 모두가 S였네

2.

슈퍼맨이 쓰러지던 날

어느 날 그가 휠체어에 앉아

목각인형처럼 머리를 까딱거렸을 때

세계는 울고 있었네

모든 게 구라야 구라 뿅이야

슈퍼맨이 죽던 날 그는 말했지

이제 여러분 모두가 자신의 슈퍼맨이 되어야 합니다

악당들이 지구를 점령했지만

더 이상 우리는 하늘을 날 수 없었네

지구의 크립톤 망명정부도 해체되고

하늘을 멋지게 나는 것은 절망뿐이었네

나도 어느 날 슈퍼맨 유니폼을 입고

슈퍼마켓에서 물건을 팔 것이네 아니면

종로에서 배트맨 옷을 입고 나를 팔까

아이가 학교에 끌려가고

아들이 군대에 끌려가도 미친 사회

날아가는 포탄을 육탄으로 막을 사내는 없었네

하지만 나는 다시 뛰어보네 나를 구하기 위해

단 십 센티의 높이라도 중력을 박찼네

심장의 핵융합 발전 소리 웅웅거렸네

그의 말처럼 나는 슈퍼맨이네 아직도 S라네

잘 가라 슈퍼맨 두 주먹 불끈 쥐고

안녕!

3.

지구의 저녁은 화성보다 붉네
지구망명정부 12년 봄 상계동 옥상
소리 없는 학살로 도시는 홍건했네
슈퍼맨이 떠난 뒤 세상의 S도 잠적했지
나는 지하 선전대의 단파 마이크를 잡네
"2007년 4월 19일 여기는 지구방위대 자유의 소리
슈퍼맨은 갔습니다 더 이상
지구를 거꾸로 돌릴 순 없습니다 그러나
S여 다시 두 주먹 불끈 쥐십시오 우선
당신 자신을 구하고 지구를 구합시다
게릴라전이 시작되었습니다 참새처럼 출몰하고
민들레처럼 레이다를 폅시다
바람과 나무들이 반짝입니다
파란 하늘 핵융합발전소에서 햇살이
쏟아집니다 슈퍼맨은 살아 있습니다
주파수를 맞추십시오 S여 눈부신 S여
전국이 동시다발 꽃들이 터지기 시작했습니다 웅웅웅
지구의 자전과 함께 당신의 심장도 핵에너지가
고동칩니다 망토 따위는 필요없습니다
슈퍼맨이 부활했습니다"
그리고 전면전이 시작되었네

알리를 위하여

나 어릴 적 세상엔 무하마드 알리가 있었네
그때 흑인은 정말 아름다웠지
루터 킹이 흑인과 백인의 민중 앞에서
한 꿈을 들려주었을 때
우린 모두 천국의 문 앞에 온 것 같았네
알리를 사랑했네 알리도 아이들을 사랑했네
사탕을 많이 먹어 이빨 썩히지 말고
착하고 남 위해 사는 사람 되라 했지
검은 얼굴에 하얀 이를 드러내고 환히 웃었네
우리는 모두 알리의 알통에 매달렸네
알리 같은 알통을 가지고 싶었네
하지만 베트콩에게 총을 겨눌 수 없어
알리가 챔피언 벨트를 내버렸을 때 우리는
무하마드 알리를 발견했네
그때 나는 유신도 독재도 몰랐지만
무하마드는 세상의 흑인을 위해 싸웠지
부랑아와 노숙자를 사랑했고
주정뱅이 남편에게 두드려 맞은 여자와

거리의 아이들과 외로운 사람을 사랑했지
우린 무하마드같이 하얀 이빨로 웃었네
그리하여 그는 외쳤지
나비처럼 날아 벌처럼 쏘라고
가난과 슬픔을 박차고
저 차갑고 단단한 벽을 무너뜨리라고
거대한 허공의 옆구리와 턱에 연신 주먹을 날리며
알리는 정말 골리앗을 넘어뜨렸지
멋지게 춤추고 또 춤추었지
벌통에 모여든 벌처럼 우리도 춤을 추었네
내 딱지 속 알리는 별의 후광을 두르고
언제나 만세를 불렀지
우리는 모두 나비처럼 날아 벌처럼 쏘았네

어둠의 미학

아무도 주목하지 않는 꼴찌의 등은 아름답다
사각의 링 위에서 뻗어 버린 패자의 가슴은 아름답다
방송 끝나고 서치라이트마저 꺼진 어둠처럼
골목에 쭈그리고 앉아
외로워하는 아이의 눈물은 아름답다
천지의 어둠을 뚫고 와 쏟아지는 별보다 아름답다

바람맞고 뒤돌아가는 사람이여
한 걸음만 올리면 정상에 설 때
히말라야의 정점을 허공에 남겨 두고
동료를 위해 발걸음 되돌리는 자는 아름답다
등 뒤 펄럭이는 구름보다 더 아름답다

외치지 않는 사람은 아름답다 울음을 삼키고
밤새도록 쓴 편지를 책갈피에 꽂는 사람이여
옹달샘에 이는 물결처럼 빙그레 웃고 마는 사람이여
바람에 흔들려 쓸쓸히 떨리는 옷자락이 향기롭다
그늘이 아름답다

그리하여 어둠에 묻힌 것들이여
이름 없는 것들이여 사소한 것들이여
보이지 않고 울고 서러운 깊고 깊은 어둠이여
아름답다 그대가 더욱 아름답다

우리는 가난해 본 적 없네
-김형석 군의 결혼을 축하하며

우리는 가난해 본 적 없네
해는 매일 뜨고 물이 흐르니
들판에 꽃이 피고 나무가 자라
새들 지저귀네
우리는 결코 가난해 본 적 없네

지나치게 많은 돈 가지지 않고
지나치게 커다란 집 가지지 않고
지나치게 빛나는 이름 가지지 않는다면
행복은 벌써 우리의 것이네
우리는 진정 가난을 알지 못하네
햇살이 언제나 풍족히 내리리니

이제 결혼하는 친구여
결혼은 정말 둘이 하나가 되는 약속이네
같이 꾸는 꿈이네
저 따스한 햇살 아래

생활의 꽃밭을 가꾸는 일이네
아름다운 세상을 좀 더 아름답게 하라고
하늘이 내리신 선물이네

세상에 희망이라는 꽃씨들을 모아
그대들 생활의 밭에 심으시게

왜 시련이 없겠는가
왜 아픔이 없겠는가
더러는 뜨겁고 더러는 외롭고
더러는 험할 것이네 왜 바람이 없겠는가

그러나 그렇지 않다면
꽃이 어떻게 필 것이며
향기가 어떻게 진동할 수 있겠는가

장미와 모란만이 꽃이 아니라
민들레와 씀바귀와 질경이도 다 예쁜 꽃이네
차라리 예쁜 것은 꽃이 아니라
꽃을 보는 눈이니, 그대여
그대의 예쁜 눈길 잊지 마시게
꽃은 피는 것이 아니라 찾는 것이네

다르다는 것은 아름다운 것

길가에 선 두 그루의 나무를 보시게
자신의 가지 자리를 조금씩 양보해, 여름
결국 한 그루의 초록이 되어
바람을 견디는 말없는 몸짓을 보시게
다르지만 같아지는 마음을 보시게

결혼은 서로의 빛을 지켜주는 것
보이지 않지만 느낄 수 있는 그대의 영혼을
보이지 않지만 느낄 수 있는 그 빛을, 친구여
그대가 느끼는 한 그대는 길을 잃지 않을 것이네
그 빛이 그대의 어둠을 밝히니
아내여 또 남편이여
서로가 서로에게 등불이고

남는 것은 사랑뿐이어라
우리들의 꽃이어라

우리들의 하느님
-5·18 아침 권정생 선생님의 명복을 빌며

2007년 5월 17일 오후 2시 17분
하늘엔 여우비 곱게 내렸습니다
종각 옆에서 저는 비를 그었습니다

그때 생전 처음 새 옷 차려입고
70 먹은 노총각 어린이가 하늘나라로
장가가는 것이 보였습니다

한 이불 친구 툴툴이 생쥐 데리고
모기도 쩨쩨하다 물지 않았던
강아지똥 보고 찔끔거리던 눈물쟁이
권정생이 선녀를 따라갔습니다

못난이가 하늘나라 가며
해도 가져갔는지
세상은 어두웠습니다

간밤부터 비 내렸습니다
할머니가 된 몽실언니가 웁니다 주정뱅이도
거렁뱅이도 미친 여자도 따라 웁니다
풀이 아파할까 굶던 토끼도 엉엉
팔려가던 암소도 민들레도 엉엉

아침이 되어도 비는 내렸습니다
5·18을 기억하는 사람들이 하늘을 봅니다
눈물 많은 한티재 사람들도
하늘을 봅니다

하느님은
울보로 바보로 병신으로 오신다는데
눈물이라고 눈물이라고 하시는데

하느님 하느님 우리들의 하느님!

우린 죽지 않았는가?

미쳤다 너도
미쳤다 나도
미쳐 죽이고 경악한다

금수강산 골짝마다 수백 두씩 감금하고
아우슈비츠처럼 도살하고
소주에 지글지글 상추 싸 먹고 뼈까지 고아 먹고
평화를 노래한다 자유를 노래한다
지글지글 타오르는 살점이여! 우리의 양심이여!
불이여 불이여!

도시는 연일 영하 십도의
불감과 무감각 사이를 오르내리고
맹목처럼 망각처럼 폭설이 내린다

누구도 무슨 일이 벌어지고 있는지 모른다
신문도 텔레비전도 그것을 증언하지 않는다

대낮백주 도장이 찍히고
총성도 없이 대포도 없이
백색 마스크와 분무 안개 속
온 나라 방방곡곡 살처분!
공공의 안전을 위해 학살! 학살! 학살!

영하의 빙토를 지옥처럼 찢고
덤프와 포크레인으로 밀쳐 내던지는 몸뚱이들!
주검 더미! 웅덩이 밖으로 넘치는 피와 살, 눈동자들
모독! 모독! 참을 수 없는 모독!
눈 뜬 채, 그 뜨거운 눈망울에 흙을 뿌리고
그 깊은 목구멍을 덮어도
외치는 비명! 비명!
밀려오는
토할 듯 밀려오는 통곡!

그리고, 눈이 내렸다
하얗게 눈이 덮었다
그 밑을

피의 강이 흐른다
시뻘건 피의 강이
반도를 뿌리까지 적시며 흐른다

6·25처럼 300만이나 되는 소와 돼지들이 울부짖으며
감옥에서 무덤으로 죽음의 행진을 했다
컨베이어벨트 자동 시스템 속
기계적으로 기계적으로 처분! 처분! 살처분!
처분! 처분! 살처분!

어떤 홀로코스트로
어떤 묵시록으로
우린 미쳐 살고 있지 않은가?
우린 죽어 살고 있지 않은가?

아
아
아

나는
우리는
죽지 않았는가?

후기 : 2010년 구제역으로 260만이나 되는 돼지와 소가 살처분되었다. 무슨 일이
벌어지고 있는가? 무슨 일이 벌어지고 있는가? 문득 살아간다는 게 끔찍하다. 아무
말도 못하겠다. 아무 말도 못하겠다. 우리가 잘못 살아도 크게 잘못 살고 있다. 더
이상 이런 방식과 시스템으로 살아서는 안 된다. 사는 게 죄다. 안 된다, 근본적으
로. 이렇게는 안 된다.

직박구리의 노래

아침 창 밖
숲을 들고 와 직박구리가 운다
나뭇잎들 일제히 화답한다

나는 꿈꾼다 아니 깨어난다
낡은 시간이 멈추고
물처럼 다시 흐르기 시작한다
개울 소리 돌돌돌 햇살 반사한다
강물은 모든 걸 적신다

나는 꿈꾼다 아니 깨어난다
현재는 영원으로 이어지고
산 자와 죽은 자가 저녁을 먹는다
언제나 활짝 열린 하늘에서
햇살이 쏟아진다

나는 꿈꾼다 아니 깨어난다
그대와 나, 우리가

검거나 희거나 재벌이거나 부랑자거나
말과 계급이 달라도 잡은 손마다
따스한 전류가 흐른다
36.5℃ 한몸으로 미소를 나눈다

나는 꿈꾼다 아닌 깨어난다
눈물과 고통, 고독도 시간의 개울에서
조약돌처럼 익는다 풀어진다
여울에서 노는 아이들의 웃음 소리가 들린다

나는 꿈꾼다 아니 깨어난다
우리가 영원한 사랑 안에
하루하루를 마신 물같이 살아가는 것을

직박구리의 노래처럼 아침에
나는 깨어난다

충분히

아니?
세상 모든 꽃이
저마다 아름답다는 것을
세상 모든 돌들이
저마다 멋지다는 것을

보았니?
엎드려
낮게
숨죽여

세상 모든 새들이
저마다 겨워 지저귈 때
세상 모든 잎들이
저마다 겨워 춤출 때

보았니?
고개 들어

하늘을

어둠에 갇혀 있는 게 아니야
별은 저마다 빛나고 있어
내 안에도
네 안에도

충분히
충분히
충분히

티벳, 아 티벳!

서쪽 하늘은 끝이 없다
천산남로 이남
야크떼는 하얀 입김을 품으며
몇 줌의 풀을 찾아 어슬렁거리고
그를 따라 수천년을 살아온
사람들, 아 사람들

내가 아는 말은 고작
타시델레(안녕하세요)
투체체(고맙습니다)
옴 마니 팟메 훔(연꽃 속의 보석이여!)
그리고 수억의 별빛이 반짝이던
6000 고도의 밤하늘빛 눈동자

나는 울어 버렸지
사지를 땅에 던지는 것도 모자라
이마를 짓찧으며 자벌레처럼
참회와 사랑으로 꿈틀꿈틀 기어

라사로 가는 너의 눈을 보고
아 나는 그 깊이에 빠져 버렸지
너는 어느 하늘에서 태어나려고 그러니?

그곳엔 하늘보다 파란 하늘호수가 있고
하늘사람이 살지
하늘이 끝없이 넓어 백킬로 밖도 훤히 보이고
멀리 하얀 구름이 실뿌리를 내리며
비가 내렸지

하지만 군홧발 소리, 모든 것을 앗아갔지
혁명이라는 이름으로 해방이라는 이름으로
문명이라는 이름으로 복지라는 이름으로
얼마나 아름다운가?
잔혹과 무지로 쌓은 인간의 업적은

제발 떠나달라는 너희의 말을
비웃으며 끝내 사진이나 몇 장 찍었지

라사가 불타오르고
보릿가루를 버터차에 이기며
너는 목이 메어 울었을지 몰라
목에 걸려 넘어가지 않는 짬빠를 삼키며
아무도 들어주지 않지

세상은 눈먼 돼지들만 살아가니까
아무리 외쳐도

아 관음보살이여
당신이 계실 곳은 깊고 깊은
마음속 동굴뿐입니까
아침이면 당신은 온 세상에 계시는데
왜 이렇게 어둡지요?

라사의 새벽은 안개와 안개 속 순례자
그리고 힘차게 돌아가는 마니차 소리

나는 울었지, 벌레같이 벌레같이
너희들이 죽어갈 때

티벳, 아 티벳!

열차의 삶을 거부한 세상 살기

표영조_ 진성고등학교 교사

1.

　군대를 제대한 뒤 내딴에 문학 공부한답시고 도서관에 박혀 있던 무렵의 10월 마지막 날이었다. 나를 불러낸 규한형은 천년 넘은 은행나무를 봐야 한다며 다짜고짜 용문사로 가자고 했다. 천년의 은행나무. 꽤 멀리 떨어져 봐도 내 좁은 시야로는 나무의 밑동부터 우듬지까지의 높이를 한눈에 담아내기 어려울 만큼 압도적인 높이와 위엄으로 서 있었다. 파란 가을 하늘에 영원이란 시간이 마구 뿌려진 듯한 그런 한때였다. 어떻게든 그 순간을 남기고 싶어 1회용 카메라를 사 아래부터 한 컷, 두 컷, 세 컷, 네 컷에 은행나무의 전경을 겨우 담아내던 순간도 떠오른다. 나무 옆에 서 있던 마르고 호리호리한 형의 실루엣은 작은 은행나무 같았다. 노란 은행잎처럼 늙은 미소를 띠며 또 다른 나무를 바라보던 모습. 형과 함께 했던 기억의 한 장면이다.

　원고를 읽는 내내 마음이 먹먹했다. 시골의 어느 마을에서 나무를 바라보며 살아가는 형의 모습이 떠올랐기 때문이다. 나무를 닮아 형이 바라본 세상이 시집 곳곳에 그려져 있었다. 그중에서 가장 따스하게 다가온 시가 「개밥」이다. 할머니와 개의 공생과 교감을 넘어 주위의 모든 자연이 함께 어울려 살아가는 풍경이 동심의 시선으로 관찰되고 있다. "바람도 먹고 햇볕도 먹는 그 밥그릇"을 바라볼 줄 아는 사람이 몇이나 될까? 비어 있는 풍경 속에 얼마나 많은 자연의 속삭임들이 깃들어 있는지 형은 알고 있다.

하지만 형의 나무는 땅에 뿌리박고 하늘과 바람과 어우러져 사는 데만 만족하지 않는다. 더 멀리에서 불어오는 바람에 귀 기울이고 밤하늘의 별빛에도 잠 못 들어 하며 "산은 왜 산이고, 들은 들이고, 바다는 바다일까"라고 온몸으로 묻는다. 형의 나무는 자족의 나무도 아니고, 관조의 나무도 아니다. 바람을 품을 듯 물음표처럼 구부러져 온몸으로 하늘에 보내는 질문을 던진다.

…
알 수 없어라
과연 누가 산과 들과 바다와
그리고 바람의 이름을
친구처럼 처음 불렀을까, 알 수 없어라
생각하면 생각할수록 알 수 없어 가득해져라
- 「산, 들, 바다 그리고 바람」

2.

형은 유독 헌책방을 좋아했다. 시간만 나면 서울 곳곳의 책방을 찾아다니며 숨은 책 찾기에 몰두했다. 사냥감을 찾아 하늘을 선회하는 독수리처럼 때만 되면, 틈만 나면 책방에서 살다시피 하며 책읽기에 빠져 있던 모습이 눈에 선하다. 골동품 수집가의 경건함마저 느낄 수 있었다. 내겐 먼지만 수북이 쌓여 있는 헌 책에 불과한 것이 형에게는 보물과도 같은 대접을 받으며 쓰다듬어지곤 했다. 형에게 선택 받은 책이 얼마나 행복해 할까 하는 생각마저도 들었다.

　책을 통해 섭렵된 지식과 언어는 형의 재기발랄한 상상력과 만나 온 우주를 넘나든다. 그리고 과거와 현재가 날실과 씨실로 만나 보드라운 추억의 천을 짜주고 있다. 가령 할머니와의 추억을 보여주는 다음 구절에서 직조되고 있는 상상력은 우주적이다.

　…

　어쩌면 그날 사그륵사그륵 맷돌 도는 툇마루에
　다사로이 내려 할머니의 옷고름이며 치마에도 반짝이던
　볕살은 우주의 고습고 고손 콩가루였는지
　참으로 환했는데
　…

　　　　　　　　 - 「사그륵사그륵 맷돌은 돌고」

　동화적이거나 만화적인 상상력으로 상큼발랄한 분위기를 만들어주는 시도 눈에 띈다. 도토리를 줍는 다람쥐의 모습이 마치 헌책을 뒤지는 형의 모습을 닮아 미소 짓게 했던 「뒤샹1」이나, 영화 슈퍼맨을 모티프로 지구의 멸망으로까지 상상력이 확장된 「슈퍼맨의 죽음」은 천진난만한 상상에 재미있게 읽히는 시들이다. 생뚱맞은 이미지나 딴전 피우는 듯한 진술이 거침없이 이어지고 자연스럽게 느껴지는 건 어떤 선입견도 없는 천진난만한 어린아이의 시선으로 세상을 바라보기 때문이 아닐까 싶다. 성장이 멈춘 양철북의 소년처럼 영혼의 나이는 소년에 머물러 있고 감수성의 나이는 어린아이의 그것처럼 섬세하고 여리다. 형은 계산하거나 두려워하지 않고 세상을 향해 거침없이 달려가는 어린아이다. 세상을 혐오

하거나 냉소하지 않고, 세상을 알고 싶은 사랑만으로 충만한 마음은 우주의 끝을 헤매고 자연 속 먼지에도 발걸음을 멈추며 부단히 걷고 또 걷는다.

3.

형은 어느 땐가부터 한곳에 머무는 법 없이 늘 길 위에서의 삶을 살아갔다. 여느 사람과 반대다. 보통은 정처 없는 방랑의 삶을 살다가도 나이가 들면서 안정된 삶을 꾀하지 않던가. 형은 일상이 그려 놓은 지도를 따라 길을 가지 않았다. 마치 자신이 가는 길이 자기 삶의 지도를 그려야 한다는 마음이었던 것 같다. 결혼을 하고 형수와 함께 훌쩍 떠난 1년의 세계 여행. 한국에서의 모든 평온한 삶을 뒤로한 채 떠난 여행이라니. 그때만큼 형이 부러웠던 적이 없었다. 하지만 형에게 여행은 낭만이나 감상이 아니었나 보다. "기웃거리지 마라 / 한눈 팔지 마라"(「네 길을 네가 가라」)라며 뒤도 돌아보지 않고 떠난 길 위에서 형은 어떤 삶을 살았던 걸까? 풍광에 사로잡히거나 고향을 그리워하기보다 그곳의 고통을 직시하고 마음 아파한다.

…
나는 울어버렸지
사지를 땅에 던지는 것도 모자라
이마를 짓찧으며 자벌레처럼
참회와 사랑으로 꿈틀꿈틀 기어
라사로 가는 너의 눈을 보고
아 나는 그 깊이에 빠져버렸지

너는 어느 하늘에서 태어나려고 그러니?
...

- 「티벳, 아 티벳!」

오체투지를 하는 순례자를 바라보며 울음을 터뜨리는 형은 여행 내내 사지를 대지에 투신하듯, 순례의 길을 걷듯 그렇게 길 위에 서 있었는지 모른다. 돌아오기 위해 떠난다는 여행의 감상을 내던 지고 돌아올 곳을 없애 버린 채 길 위의 삶을 선택한 사람. 형의 긴 여행은 그의 삶을 길 위의 삶으로, 순례의 삶으로 만들었다. 예전 엔 중심을 향해 서성거리던 발걸음이 단순해지고 단호해졌다. 큰 길을 벗어나 길 밖에서 길을 내고, 중심을 벗어나 구석에서 세상을 본다. 그리고 오체투지 하듯 "나는 무엇을 할까?" 세상에 묻는다.

...
세상 한 귀퉁이
저물녘 거미가 일어나 헌 집을 기우고
어미는 새벽에 일어나 밥을 앉히네
세상 한 귀퉁이
나그네는 걷고 걷고
별들은 나그네를 위해 빛을 던지네

나는 무엇을 할까?
민들레처럼 따스한 날
아름다운 세상
한 귀퉁이에서

- 「세상 한 귀퉁이」

4.

　봉준호 감독의 『설국열차』에서 '열차'는 우리 세계의 축소판이다. 어떻게 이 열차를 타게 되었는지 어느 칸에 있는지 모른 채 우리는 일상의 안온함이 주는 편리에 취해 무미건조하게 살아가고 있다. 가끔은 앞 칸을 가로막고 있는 벽에 대해, 열차의 운행에 대해 고민하기도 하고 다른 칸으로의 전진을 욕망하기도 한다. 영화 속 주인공처럼 전진하고 또 전진해 맨 앞 칸에 도착한다 해도 열차 안에 머물러야 하는 삶은 바뀌지 않는다. 어쩌면 형은 열차의 운행처럼 무한 반복되는 일상의 삶을 거부하고 있는지도 모르겠다. 열차 밖으로 난 문을 폭파하고 주어진 길을 벗어나 자신만의 삶을 찾기 위해 외롭고 쓸쓸한 삶을 살고 있는지도 모르겠다. 열차 밖에 서서 고장 나 삐걱대고 있는 현대 사회의 굉음에 때론 분노하고 때론 마음 아파하는 형의 모습을 나는 지금도 열차 안에서 보고 있는 듯하다.

　어느 날 객차 안으로 툭 던져진 형의 시집 뭉치. 열차를 거부한 형의 삶이 60여 편의 시에서 꿈틀대는 걸 느낀다. 열차 밖도 살 만하다고, 추워 죽을 만큼은 아니라고 말하고 있다. 형만의 밝은 미소와 따스한 숨결로 얼어붙은 돌멩이를 덥히고 있다. 형의 시도 환한 미소처럼 다가와 돌멩이처럼 굳은 내 마음을 덥히고 있는 걸까. 왜 이렇게 가슴이 먹먹할까. 작고 사소한 아름다움을 두 손에 받쳐 들 줄 아는 사람, 돌멩이를 집어 들어 그 안에 온기를 옮기는 사람의 꿈을 잠시 함께 꿀 수 있어 행복하다.

돌멩이도 따스하다

등 록 1994.7.1 제1-1071
3쇄 발행 2014년 12월 1일

지은이 심규한
펴낸이 박길수
편집인 소경희
편 집 조영준
디자인 이주향

펴낸곳 도서출판 모시는사람들 110-775
        서울시 종로구 삼일대로 457(경운동 수운회관) 1207호
전 화 02-735-7173, 02-737-7173
팩 스 02-730-7173
인 쇄 (주)상지사P&B(031-955-3636)
배 본 문화유통북스(031-937-6100)
홈페이지 http://modl.tistory.com/

값은 뒤표지에 있습니다.
ISBN 978-89-97472-48-2 03810

이 도서의 국립중앙도서관 출판시도서목록(CIP)은 e-CIP 홈페이지(http://www.nl.go.kr/
ecip)에서 이용하실 수 있습니다.
(CIP제어번호: 2013013504)